Jan Simowitsch

# HAND AUFS HERZ

Große Bilder posten kann ja jeder!

www.klaviermusik-simowitsch.com

Veröffentlicht: 2022
Coverbild: Jan Simowitsch
Foto Bio: Chris Born

Druckerei: „Wir machen Druck" – Druckerei
Klimaneutraler Druck auf Recyclingpapier

ISBN 978-3-00-073966-8

www.klaviermusik-simowitsch.com

*Für alle Windflüchter*

# ÜBER MICH ODER DICH

**Manche Leute** sammeln Geweihe,
andere Goldene Platten oder Körbe.
Unabhängig vom Geschlecht wird gesammelt
und als Sammlung gilt alles ab der Zahl VIER.

Ich habe mittlerweile einige Sammlungen zu Hause:
Nicht regelmäßig genutzte Sportgeräte,
Zigarillopackungen, wo immer nur die erste fehlt,
und Jackets, in denen mich die meisten Leute noch nie gesehen haben.

**Ich liebe Bäume.**
Sie sabbeln nicht,
sie nerven nicht,
und doch toben sie sich im Leben
bis zur äußersten Zweigspitze aus
und alles ist so wunderbar still dabei,
es sei denn:
Man ist stiller als sie,
stiller als die Bäume.

Wenn man dann mit geschlossenen Augen mitten im Wald steht,
ist es, als ob ein Schallplattenspieler
mit Dolby-Surround-Boxen angemacht wurde.
Alles feiert!

Die Blätter rascheln ein rauschendes Fest,
die Vögel singen in unendlicher Polyphonie ihre Evergreens,
die Äste quietschen vor Freude und
die Fane und Gräser tuscheln von der Schönheit der Tiere.

Und alles ist so sehr Wohlklang,
dass es sich anfühlt,
als würde ich darin verschwinden
und es gibt kein „Eben" oder „Gleich" mehr.
Eins sein. Nur da.

Aufblühen geschieht in der Stille.

**Was für ein Spektakel!**

Volle Pulle Wellen-Power gegen jahrtausendaltes Felsgestein!
Faszinierend.
Da steh ich unendlich
und kann mich von dem Schauspiel nicht lösen.

Es gibt halt so Sachen, die schon immer gegeneinander prallten.
Ist im Leben ja nicht anders:
Der Fels kann nicht weg,
die Wellen können es nicht lassen.

Blöd wirds, wenn man selbst
zum Fels oder zur Welle gemacht wird.
Wenn man von anderen an den Punkt des Aufpralls gestellt wird.
Da ist nichts zu gewinnen.
Kein guter Ort.
Niemand hat Bock, Fels zu sein.

Und wohl niemand will freiwillig
an einem Ort sein,
an dem es so laut ist,
dass ein Gespräch nicht mehr möglich ist.

Also an alle Freunde des Meeres:
Bewegen nicht Aufprallen - gemeinsam.

**Manchmal fällt ja die Sonne vom Himmel**
und die Wolken rennen um die Wette,
ganz bleich, mit Blitzen zum Platzen gefüllt. Und du ahnst,
der Regen würde dich betrinken wie ein Schwamm.

Es gibt da Tage, da holt man dann seinen Schirm oder wahlweise den Einkaufsbeutel raus und versucht, so viel Körperfläche wie möglich kopfabwärts abzudecken. Meist mit mäßigem Erfolg und schrittweisem Verfluchen von Material, Wind und ... Grummeln.

Anderntags ist man klüger und rettet sich unter ein Vordach mit dem Schild „Fies bissiger Köter“ oder verkriecht sich bei Ditsch als Fünfter in die Schlange, um sich, kaum dass die Brezel überreicht wurde, hinten wieder anzustellen.

Und dann gibt es Heute
und es ist immer nur HEUTE:

Scheiß auf Schirm und Ditschschlange,
ich werfe allen Ballast ab und trotz dem Drachen!
Ich stell mich im schicksten Shirt in den Schauer und sauge alle Wolken aus, bis ich genug Energie habe, um anschließend als Brunnen die Ideen in den wieder erblauten Himmel springen zu lassen.

Und im Schein der in der Ferne erblassenden Blitze singt mein Spiegelbild in den Pfützen „It never rains in Southern California“.

**„Du kannst nicht alle glücklich machen,**
es sei denn, du bist ein Eis."
Mist. Ich bin kein Eis!
Nicht einmal ein Doppelkeks.

Nun, würde ich nie etwas sagen,
klänge ich vielleicht wie ein Eis.
Still und so. Und überhaupt!

Und würde ich nicht
mit meinen Augen alles kommentieren,
wäre ich vermutlich auch
so unterkühlt und starr wie ein Eis.

Doch ich bin kein Eis.
Und das ist auch ganz gut so.
Denn sonst wäre ich ja längst aufgegessen
und niemand hätte mehr was von mir.

Deswegen lasse ich mir gerne an den Augen
meine Haltung ablesen und mache den Mund auf,
wenn ich eine Meinung habe.

Wer hat schon Bock,
vernascht zu werden?!

**Frei und wild**

Bei allem, was dich berührt, richtig weinen.
Nicht nur drüber reden – Sommerschlussverkauf,
alles muss raus – heul endlich.
Hilft.

Und bei allem, was dich klein macht,
laut „Ich bin doch nicht die Fucking Queen!“ rufen.

Bei allem, was dich weich macht, zulassen.
Weich ist das neue straight und tough.
Die 90-er sind vorbei und alles tough hatte uns lediglich
straight am Leben vorbei gehen lassen. Stay weich.

Und bei allem, was dich fertig macht,
erst mal auf den Fußboden legen, still sein,
„Gloomy Planets“ von *The Notwist* hören und warten.
Warten, bis es besser wird.

Bei allem, was einfach gut klingt, widersprechen.
Aus Prinzip.
Nichts ist einfach gut.

UND BEI ALLEM, WAS DIR HEILIG IST, MACHS MAL ANDERS!
Wer zu Ende gedacht hat, hat ein Problem,
denn das Ende ist wo anders.

**Ich bin ein Meister der Subversion**
lach ich laut vor mich hin,
zweidimensional um drei Ecken gedacht mit vier Hintergedanken.
Nicht mehr ganz spitzbübisch und noch lange nicht weise.
Wenig angreifbar und Vieles hinterfragend.
Schnippigkeit mit einem Hauch Hochmut und etwas Koketterie.

# HEART ON SOCKS

**Wenn du auf dem Weg bist,**
brauchst du verschiedene Sachen.
Ein reales, konkretes Ziel hilft,
solange du weißt, dass du genau dort
nicht ankommen wirst.

Das ist quasi wie eine schicke Sweatshirt-Jacke aus dem Katalog. So geil wird sie später nie aussehen, aber du kannst sie auf- oder zumachen und alles dazwischen. Mal mit Kapuze, mal mit den Händen in die Ärmel eingewickelt, weil die eine Tasche mit dem Twix aus dem Automaten (viel günstiger als im Bahnhofskiosk) belegt ist und die andere das Wechselgeld beherbergt, was du auf keinen Fall verlieren willst, weil es vielleicht auf deiner nächsten Station für zwei Brötchen gebraucht wird (eins der beiden landet dann eh in den Händen von jemanden, der es noch dringender braucht. Aber egal.)

Und so wird die Sweatshirt-Jacke ein Teil von dir.
Die Brötchen finden ihren Weg und du auch irgendwie.

Ich weiß, manche von euch gehen auch ohne Ziel einfach drauf los. „Der Weg ist das Ziel." Nun denn!
Das ist so weise wie „Der Hunger kommt beim Essen".
Das Essen kommt ja aber nur, wenn ich ein Leberwurstbrot geschmiert habe, von dem ich schon vorher weiß,
dass ich darauf Hunger bekomme.

Bleibt noch die Frage:
Wie erkennst du dein Ziel?

Der Globetrotterkatalog bietet die Jacken zwar auch immer in schöner Landschaft an (Berge oder Wasser, nie ist Brandenburg oder Neumünster dabei), doch die großen Ziele – sind natürlich nicht in deinem Herzen eingeschrieben, was für eine Phrase! – sie stehen meistens in der Puzzleabteilung.
Dort purzeln sie dir mannigfach entgegen.

**Irgendwas bleibt ja immer.**

Ein Socken in der Waschmaschine,
ein Joghurthaps im Kühlschrank,
eine Gewürzgurke im Glas,
ein Lächeln im Herzen,
ein Schokostreifen in der Jackentasche
oder eine kleine Ikone
oben hinter der Sonnenschutzklappe im Auto,
wo manchmal auch ein Spiegel dir zeigt:
Irgendwas bleibt immer.

Ich bin vor Jahren dazu übergegangen,
überall kleine, sinnfreie Depots anzulegen.
Wenn ich 30 € von der Bank hole,
wandern 10 in irgendeine Tasche,
die gerade nicht genutzt wird.
Von einem Dreierpack an Schokolade
geht eine sofort weg, eine ins Regal, wo sie hingehört,
und eine in den Rucksack.

Time will come
und plötzlich ist alles gerade rechtzeitig
dort und da, wenn man es braucht.
(Hab wohl zu viel Polarliteratur gelesen
und die Geburtstagsschokolade
von R. Scott nie verwunden.)

Manche Sachen verliert man allerdings auch:
Die Socke in der Maschine, das Lächeln in der Bahn,
den Schlüssel für zu Hause oder
die Motivation im Trubel der Tage.

Doch so wie die Socke nie weg ist - halt lediglich nicht da -,
versinkt die Motivation nicht in den Bettlaken der Nacht,
fällt das Lächeln nicht am Rand der Welt herunter und
finden sich Schlüssel immer von alleine wieder an - oder
man wechselt halt die Tür.

Und auch sonst suchen manche Leute ewiglich lange
(bis sie es finden und auf dem Weg bereits Weiteres wieder
verloren haben), während andere darauf hoffen
und manchmal wohl auch beten:

Alles ist immer da, nur nicht immer da -
denn irgendwas bleibt ja immer.

Safe.
Heart on socks.
Hand aufs Herz.
Es kommt zurück.

**Über Selbstzweifel und Neid**

Ich dachte, dass ich mittlerweile halbwegs gut mit meinem Neid umgehen kann und weiß, wie ich ihn in Bewunderung wandle und er mich auch anspornt.

Gleichzeitig ist mir aber zuletzt wieder bewusst geworden, wie sehr mich die Angst vor dem Neid Anderer bremst, wie sehr ich mich von der Angst bremsen lasse. Denn sie stört ein eh schwierig zu findendes Gleichgewicht in mir.

Als Musiker zweifelt man, glaube ich, sein ganzes Leben, ob das, was man macht, irgendwie gut ist und ob der gewaltige Aufwand, den man über Jahrzehnte treibt, in einem Verhältnis steht zu dem Ergebnis. (Klar, man macht es auch, weil man es für sich machen muss, sich ausdrücken will. Dennoch bleibt die Frage.)
Und da sind 13 „likes“ auf Instagram keine Währung. Und ein freundliches „Gut gemacht“ nach einem Konzert löst dieses Ringen auch nicht auf.

Es braucht über die Jahre eine wahnsinnig große Menge an
Energie, um weiter sein Ding zu machen,
um weder zynisch laut,
noch simpel stumpf sich zu ergeben.
Und bis heute versuche ich,
all die Musik, die ich komponiere,
so gut und so ehrlich aus mir
wie möglich zu machen.

Klingt beinahe egozentrisch. Fühlt sich im Schreiben nicht gut an. Ich will nicht egozentrisch sein, sondern einfach nur gute Musik machen! Ein ewiges Ringen.

Und in all dieses Ringen, was schon alleine schwer genug ist, kommt die Angst, wenn man sich mal durchgerungen hat und zu etwas steht, dass Kolleg*innen neidisch sein könnten und mit Abwertung reagieren.
Da ein blöder Spruch, da eine Anmerkung.
Und dann heißt es schnell, man stelle sich in den Mittelpunkt oder hält sich für was richtig Besonderes,
dabei ist es doch nur Musik.
Ganz nett.

Ja, es ist nur Musik. Aber es ist für mich etwas ganz Besonderes, weil in jeder einzelnen Minute Klaviermusik, die ich schreibe und aufnehme, für mich etwas Existentielles steckt.
Bekanntlich stehe ich wirklich äußerst ungern im Mittelpunkt, aber mit der Musik zeige ich viel von mir.

**Wer alles weiß stirbt dumm.**

„Spring über deine Kopfgrenze!"
Klar, wissen wir doch:
Unsere Grenzen liegen immer im eigenen Kopf.

Nur, wissen hilft hier nicht weiter.
Man muss es auch machen.
Da sich das jedoch zehnmal leichter sagt, als es wirklich ist,
habe ich hierzu einen kleinen Ratgeber:

Wie spring ich über meine Kopfgrenze?

1. Sucht euch Freunde oder Kolleg*innen.
2. Redet mit ihnen über alles, was sie so machen.
3. Und bei ihren Aktionen, die ihr nicht versteht und die ihr blöd oder unnötig findet, sagt ihr ab sofort: „Klaro, bin dabei."

Denn diese Aktionen findet man meist blöd und unnötig,
weil man sie nicht versteht.
Das wars quasi schon.
Ich kann halt mit meinem Verstand nicht meinen Verstand übertrumpfen, ich muss ihn einfach übergehen. Also keine Angst:

Checkt mehr von dem aus,
was ihr für blöd und unnötig haltet.
Meist ist es deutlich geiler als man denkt.
Die Freunde und Kolleg*innen sind ja nicht blöd.

**Viel und komplett drüber**

Irgendwie wird dem Wort „Viel“ oft noch ein Wort dazu gestellt:
„Zu viel.“
Und dann wird aus der Fülle von Freude und Fischen und Feiern
eher ein „mir geht´s ganz okay“,
eine italienische Dosenfischsuppe oder
eine tröge Sitzrunde mit ein bis zwei Flaschen Wein vom REWE.
Äh, langweilig.

Aber hilft ja nix.
Das reflektierte Einordnen von Gegebenheiten,
das ausgewogene Verhalten bei ästhetischen Fragen oder
die relativierende Konsenssuche
sind halt Statussymbole unseres Milieus.

Je differenzierter wir Sachen kleinteilig besprechen,
desto mehr Fame auf der „Oh, der ist echt klug – Skala“.
Nun denn! Manchmal wird's halt auch kleinkariert,
aber noch viel schlimmer ist, dass wir dadurch allem die
Emotionen rauben.

Und manchmal ist es nur ein feiges Verstecken.
Auch ich habe lange gebraucht, bis ich öffentlich sagen konnte:
Ich find ABBA geil. Und keinen Nebensatz anschloss, der auf
irgendeiner musikwissenschaftlichen Ebene noch mal die
problematische ... was weiß ich was hervorhob.

Manchmal heißt Relativieren und angestrengtes Argumentieren
nämlich auch, ich traue meinem eigenen Fühlen nicht.
Und „ausgewogen“ kommt halt vermutlich auch von raus wiegen,
da bleibt nix übrig. Und „Relativieren“ lässt vielleicht jede*n
relaten – na und?! Niemand muss mit ABBA relaten.
Ich finds trotzdem super.

Das Leben ist nämlich zuerst mal Leben.
Und davon kannste kaum genug haben.
Und nur Leidenschaft im Leben bringt Neues hervor.

Viel hilft viel.

Manchmal ist allerdings auch viel Blöd im Leben.
Wenn dann der Schreibtisch deine einzige Begleitung ist und
es im Kühlschrank noch immer nach Rollmops riecht und
die zwei Weinflaschen vom Vorabend zwar leer wurden,
der Kopf aber noch immer voll ist,
dann freu dich laut und viel, wenn dir jemand aus den Boxen
zusingt:
„Lay all your love on me.“

**Coming-of-Age**

Die Zeit von der ersten großen emanzipatorischen Leistung seinen Eltern gegenüber bis zum überstandenen Schmerz der ersten wirklich großen Liebe ist eine besondere, zauberumwobende Zeit.
Die Reihenfolge der beiden Ereignisse ist bei manchen Menschen auch umgekehrt. Und doch umgibt diese Zeit eine immer weiter ins Unendliche strebende innere Freiheit. Zumindest bei mir war es so:

Die Zahl der Partys wächst parallel zur Länge der auswärts verbrachten Abende und dann auch Nächte, die Freundeskreise werden bunter, ständig neue Eindrücke und Ausfälle. Freundinnen kommen und outen sich als lesbisch, kaum einen Monat nach der Trennung, die ebenso überraschend ist wie das Zusammenkommen zuvor. Die heimisch bekannte 7-Rezepte-Küche erweitert sich kontinuierlich. Auswärts kostet man das Leben anders.

Und dann ist da Musik.
An jedem Ort andere.
Mit den Freund*innen, die im Jugendchor singen,
lerne ich Mendelssohn kennen, an den Abenden läuft Punkrock von „Dritte Wahl" bis Greenday. Mein eher nüchterner Klavierlehrer vermittelt mir die Emotionalität von Schumann, die Internatsfreunde trinken zu Nirvana ihren billigen Fusel, Keimzeit ist die einzige Band, die überall läuft, selbst in der

Eishalle. Und auf der Stubnitz, die damals noch in Rostock liegt, läuft Dub – Düfte überall andere.

Andere Orte, andere Düfte -
eroberungsoffen für alle.

Heute ist Musik dagegen oft Ausdruck eines zur Schau gestellten Habitus geworden. Wir definieren und präsentieren uns über unseren ausgeprägten musikalischen Geschmack,
weil wir Musik in Schubladen ordnen, um sie (bei anderen) mit einem Beipackzettel an Klischees versehen zu können.
Doof für die Künstler*innen, dumm von uns.

# TOSEN UND STILLE

**Wie klingt die Stille?**
Wie klingt das tosende Meer?
Wie klingt der Moment vor dem Schlussapplaus?
Und wie still sind die Leute vor einer Beerdigung?

So sind wir meist überrascht, dass Stille überhaupt klingt und zwar jedes Mal anders und innerhalb des Klanges gibt es sogar Bewegung. In der Musik wird oft versucht Stille zu komponieren (nicht nur John Cage) - auch ich versuche es regelmäßig, weil es einer der größten Momente ist.

Und auch das tosende Rauschen des Meeres schwillt an und ab und ist dem Klang der Stille sehr nahe - nur etwas am Volume gedreht. Manchmal klingt für mich auf dem Klavier das Tosen der Stille sehr ähnlich, weil es etwas ebenso Umfassendes, Weites in sich hat – so eine Art Frieden, wie im Auge des Orkans.

Und so sind auch vor einer Beerdigung die Leute in der Kirche nie still. Es gibt jedes Mal einen anderen Klang, der viel über das Verhältnis der Menschen untereinander und über die Umstände des Todes verrät. Sollte es übrigens einmal wirklich keinen Laut geben, dann ist es wirklich ernst!

**Ach, große Bilder posten kann ja jeder** – safe!
Aber ich habe auf einem Festival spielen dürfen
und war mal wieder total verunsichert.
Die einzige Seeschwalbe unter all den Möwen.

Ich kam schon ziemlich abgeflattert an, vor mir brill- und trillierte Großstadtgeflüster mit frechem Kleinstadttratsch auf der Main Stage und ich wurde ins „Holy Palace“ terminiert.
Ich und Holy.

Die Stimmung auf dem ganzen Gelände war ausgelassen,
die Kringelpommes tanzten bis sie in der Erbeerbowle ertranken.
Und die Möwen ließen nichts übrig.
Ich versteckte mich im Backstage und flog dann gerade rechtzeitig rüber zu den Festivaltasten des Tages. Die Leute fleetzten bereits in ihren Sofas, krakelten sich gegen die Lautstärke der Tangogruppe Liebenswürdigkeiten ins Ohr
und checkten mit ihren Armen die Taille und Oberschenkel ihrer Nachbarn aus. Und dann soll ich da Klavier spielen!
Mit den kleinen Flügelschlägen einer Schwalbe.

In meinem Kopf hab ich mich mehrfach verkleidet:

Ich könnte als Pinguin einen auf Barpianist machen.
Genug Jazzstandards habe ich im Kopf. Dann können die Leute weiter schnacken und ich spiele einfach. Macht ja nix.
Hier erwartet eh niemand was von mir.
Die Erdbeerbowle war ja ausgezeichnet!

Oder ich improvisiere wie eine Nachteule so a la Einaudi, das geht - nichts gegen Einaudi - dann doch ohne große gedankliche Anstrengung für ne Stunde ganz easy. Und die Leute mögens ja.

Doch gerade rechtzeitig mit dem Beginn habe ich entschieden:
Scheiß auf alle Pinguine, Eulen oder Möwen:

ICH BIN EINE SEESCHWALBE!

Und wenn ich die einzige bin und die Leute vielleicht wo anders hingehen, egal, ich ziehe das jetzt durch. Und versuche so gut zu spielen, wie es geht. Und wenn die zwei fleißigen Kollibris hinter der Bar, die einzigen sind, die das ganze Konzert hören!

Es hat viel Kraft gekostet.
Seeschwalben-Selbstbehauptungs-Power

Und es lief gut.
Es kamen immer mehr Nachtvögel angeflogen und nach einer halben Stunde hatte ich sie:
Es war still.

Und ich konnte mich ins pianissimo wagen,
jeden Moment genießen und in eine bunt träumende Schar geschlossener Augen blicken.

**Ich habe mal wieder im Chor gesungen**.
Also ein Konzert. Mit Menschen.
Das Gloria von Vivaldi.
Ich werd´ verrückt.
So viel Groove.

In dieser Zeit ist das ja so komplett drüber!
Da sitzen die abgezählten wenigen Leute mit Maske in der Kirche und der Chor knallt ihnen im deftigsten Fortissimo ein Gloria entgegen. Im Punk würde man sagen: Voll in die Fresse!
GLORIA IN EXCELSIS DEO.
Keine Ahnung, ob das Publikum versteht, worum es geht. Aber das D-Dur des Orchesters leuchtet heller als jeder Morgenstern.

Und klar: Keine Punkband macht 90 Minuten Dauerparty - und so zieht sich auch hier anschließend ein nie versiegender Hochspannungs-Song durch ein tiefes Flussbett als nächstes Full-Emotions-Brett durch das Wogen und Pogen der Sänger*innen.
ET IN TERRA PAX.

Keine Ahnung, was der vom Impfausweisüberprüfen glasig geblickte Küster in der Zwischenzeit macht. Spätestens das GRATIAS AGIMUS TIBI wird ihn an die Sakristeiwand genau neben das Lutherbild geklatscht haben.

Auf dass er beim staccatohaften PROPTER MAGNAM GLORIAM TUAM mit den springenden Geigenfiguren zentimeterweise und komplett durchnässt die Wand runter rutscht.

Unten angekommen hört er möglicherweise den Chor wie einen Windhauch rüber wehen, Entzückung schwappt aus seinen Augen, sitzt er ja rechts vom Abendmahlswein, während auch die Dirigentin, komplett im Rausch, zur Tänzerin wird und ein QUI SEDES AD DEXTERAM PATRIS zum Himmel steigt.

Nun macht sich auch beim Bassisten die Extase breit.
Schaukelt er doch rechts und links im Tempo eines Foucaultschen Pendels - er ist halt Bassist - zum krönenden CUM SANCTO SPIRITO, die Solist*innen wachsen über die 2 Meter Linie empor, der Chor verdoppelt seine Stimmen und die ersten jungen Damen und älteren Herren fallen in Ohnmacht.
Die Luft riecht nach Schweiß.

Was für ein grandioser Abend!

Einziger Unterschied zum Punkkonzert:
Die Polizei kommt selbst nach der Zugabe nicht.

**Aufnahmesituationen**

Manchmal, wenn es ernst wird,
ist man nicht in der richtigen Stimmung.
Irgendwie verstimmt, also irgendwas stimmt nicht so ganz.
Ganz bestimmt!

Alles ist organisiert,
die Mikros stehen aufnahmebereit da,
man ist perfekt vorbereitet,
es fehlen nur noch wenige Schritte und dann:
Ist irgendwas anders.

Das führt zu Irritationen.
Das Denken beginnt,
wo man doch eigentlich machen wollte.
Die Füße werden unruhig, obwohl die damit ja
wirklich nichts zu tun haben.
Man verliert ein wenig die Contenance
und die Stimmung wechselt irgendwann
und endgültig auf Kühlschranklicht-Temperatur gelb.

Wenn du kurz vor Klavieraufnahmen stehst
und die Stimmung spielt Flöten,
dann ran an die Saiten und die Aufnahme verschieben.
Wenn das noch geht.
Wenn du allerdings hinter einem Vorhang stehst und da ein
Publikum bereits mit freudiger Erwartung applaudiert,
dann raus und spielen. Einfach alles was geht.

Und wenn du nicht weißt, wo du grad stehst,
nur die Schwebung der Klaviersaiten anzeigt,
irgendwas ist schief: Dann bleib stehen.

Geh einen Schritt zurück und höre.
Nichts machen, sondern einfach nur hören.

**Das Ende vom Lied** - Die Kerze ist aus. [duster]

Oder?

Die Aufnahmen sind fertig, das Mikro ist aus,
der Flügel zu - das Ende vom Lied.

Wann hört Musik auf zu leben?
Wenn der letzte Ton verklungen ist?
Wenn die Komposition abgeschlossen
und der Deckel zugeklappt ist?
Oder ist dies eher der Moment der Geburt? Weil die Musik vielleicht erst in deinem Wohnzimmer oder unter den Kopfhörern zum Leben erwacht?

Ich war mal mit Jugendlichen auf einer Musikfreizeit
und wir haben abends eine Andacht gefeiert. (Mit mir als Verantwortlichen natürlich hochgradig improvisiert - und mit Jugendlichen wird es ja tendenziell nicht strukturierter.)
Nun, es war spät abends und wir saßen auf dem Dachboden um eine Kerze herum und es ging um Hoffnung und es war sogar ganz klug irgendwie. Naja.
Und dann kam einer der Jugendlichen und hat die letzte Kerze einfach ausgepustet. Stockduster. Und nun?

Und während mein Gehirn hektisch überlegte, wie ich die Situation irgendwie geistvoll gerettet bekomme, stellte ich gleichzeitig fest, die Stille in der Dunkelheit fühlte sich warm und dicht an. Weder gottverlassen und schon gar nicht bedrohlich.

Keine Ahnung, wie wir aus der Nummer wieder rauskamen.
Aber ich hab was gelernt:

Gedanken und Worte sind in unseren Köpfen - meist schneller als wir überhaupt empfinden können. Und alles, was wir gerademal ansatzweise empfinden, belegen wir gleich mit Worten.
Manchmal hilft uns das.
Manchmal ist es aber auch hinderlich,
da unter dem Eindruck unserer Worte und Gedanken
alle Emotionen eingewertet werden in ein Denksystem.
Doch dieses trennt uns von unseren Emotionen.

Insofern:
Keine Worte über „Wie ich mich fühle".
Die Aufnahmen sind fertig.
Und ich werde sie mir jetzt mal auf den Kopfhörern anhören
und nur fühlen.
Ist ja auch Musik und kein Essay!

**Nicht alles liegt an uns.**
Auf manche Sachen haben wir einfach keinen Einfluss. Da können wir kämpfen, wie wir wollen und wollen, wie wir nur können. Nicht alles liegt bei uns. Und viele Sachen wünschen wir uns trotzdem anders. Dann können wir lediglich hoffen und warten.

Wenn neue Musik entsteht habe ich mitunter auch drei konträre Ideen und einen Übergang, der vorne und hinten nicht stimmt. Viel Stückwerk und auch so einfach viel.

Beim Prozess des Komponierens geht es dann meistens nicht darum, noch drei gute Ideen zu finden, sondern vielmehr darum, das, was da ist, zu sortieren. Eine sinnvolle Dramaturgie zu finden und die Puzzleteile richtig zusammen zu setzen.
Und manchmal nimmt man fertige Teile später nochmal komplett auseinander, weil es so einfach nicht passt - bis es fertig ist.

Bis man fertig ist.

# WINDFLÜCHTER IM HIMMEL

**WINDFLÜCHTER I**

Windflüchter, herzlich Willkommen im 19. Jahrhundert, fliehen wie die Menschen vor dem Sturm, bringen sich in Sicherheit. Und können doch nicht fliehen.

Aber sie sind so klug, sich nicht frontal in den Wind zu stellen, sie spielen auch nicht die Heldin, sie stehen durchgerüttelt und krumm geschüttelt schief und stumm. Und schon die Baumreihe dahinter fühlt sich sicherer.

Um als Baum allerdings auf den Präsentierteller gestellt und zu Weihnachten von allen bewundert zu werden, muss man wohl in einem dichten Wald gepflanzt sein. Von allen Seiten beschützt können diese Bäume gerade wachsen. In guten Böden können sie gedeihen und später als Ideal eines Baumes ihre Kolleg*innen repräsentieren, als Vorbild auf der Titelseite der Zeitung leuchten.
Diese Bäume werden gebraucht.
Und zu Weihnachten sogar ziemlich zahlreich.

Merklich fühle ich mich den Windflüchtern näher
und denke gleichzeitig:
Wenn ich doch bloß nicht ein vorm Sturm geflüchteter Windflüchter geworden bin, so ich denn jemals die Kraft für einen Windflüchter gehabt hätte. Und gleichzeitig will ich doch auch halbwegs vernünftig gewachsen sein und nicht ganz so durchgepustet aussehen.

Als Mensch haben wir, oder zumindest die Privilegierten unter uns, die Möglichkeit zu entscheiden, wo wir stehen wollen:

Ganz vorne im Sturm,
um andere zu unterstützen.
Dahinter in der zweiten Reihe,
um die vordere Reihe laut zu supporten.
Oder im sicheren Wald,
um irgendwann im Leben vielleicht bewundert zu werden.

Einziger Nachteil des Entscheidens ist:
Mann/Frau MUSS sich entscheiden.
Alles gleichzeitig geht nicht.
Wer 10 Jahre ein ausharrender Windflüchter war,
wird nichts anderes mehr.

Und so gehe ich am Wasser entlang,
der Wind singt mir leise etwas ins Ohr,
ich muss es nur noch richtig verstehen.

## WINDFLÜCHTER II

Es gibt Wind und windige Typen.
Und es gibt Menschen, bei denen ist gut gefeiert
auch ein wenig windig.

Es gibt Fluchten, Hochhausfluchten genauso wie windflüchtige Baumreihen an der Ostsee. Und es gibt Menschen, die ständig vor Sachen fliehen, die haltlos durch die Gegend geweht werden.

Und auch diese verwehten Menschen haben in sich einen Kern, der sie zusammen hält.
Das ist einigen gar nicht recht bewusst, manche finden ihr eigenes „Ich" kaum wieder, streifen ruhelos durch die Nacht und schleppen sich müde durch den Tag.

Für diese Menschen habe ich Klaviermusik geschrieben:
Für die halbe Stunde auf der nächtlichen Parkbank,
für die müden Augen im schlenkernden Bus,
für die Momente, wenn der Rechner runterfährt und die Wahrscheinlichkeit hoch ist, schnell der Stille entfliehen zu müssen zum nächsten Ort. Und dann setzt die Musik ein.

Ruhe.
Einmal meinen Kern finden.
Frieden.

Und dann, wenn der nächste Sturm kommt,
den man als Windflüchter nicht auslassen kann:
Zurück aufs Meer!

**SUNDEVIT** **I**

Ein Sehnsuchtsort. Ich will da hin.

Das erste Mal hörte ich als Kind von Sundevit
in einem Jugendbuch von Benno Pludra,
einem der ganz großen Kinder- und Jugendbuchautoren. (Worum
es im Buch genau geht, hab ich allerdings fast vergessen.)

Seit dieser Zeit ist Sundevit für mich ein Sehnsuchtsort.
Ich habe vor Jahren mal geschaut, wo das eigentlich liegt.
Wohl in Dänemark.

Ich will da hin.
Denn ein Sehnsuchtsort ist ja kein Paradies,
das es eh nicht gibt.
Ein Sehnsuchtsort ist ein Ort,
der dich leben lässt. Der dich lebendig macht.

Und manchmal muss man ihn auf der Landkarte suchen,
mit dem Zeigefinger an vielen anderen Städten vorbei.
Kann auch sein, dass man sich verfährt und mal ein Stück zurück
muss auf dem Weg.
Hilft ja nix.

Aber ich werde dort sein!
Und diesen Ort mit den schönsten Blumen bedenken,
die ich auf dem Weg finden kann. Und mit Musik.
Natürlich.

**SUNDEVIT II**

In sich gekehrt mit geschlossenen Augen
sieht immer so friedlich aus!
Bedeutet aber manchmal auch, alles zu fühlen, sich in einen
anderen Menschen komplett hineinversetzen können,
eins werden und
alle Emotionen zwischen Kopf und Herz
hoch tausend zu fühlen.

Sundevit ist ein sehr intimes Album.
Und das bisher freundlichste.
Als wenn die Musik die Augen vor der Welt verschließt
und auf Urlaubstripp geht.

An der Oberfläche geht es um zehn Sehnsuchtsorte an der Ostsee
und so sind sie:
Hell, sommerlich-farbig und wirklich warm.

Doch schon eine Ebene tiefer, wenn du die Augen beim Hören schließt, öffnet sich eine andere Welt, fliegt dir die Leichtigkeit um die Ohren und die ruhigen Abendmomente offenbaren eine Tiefe, in denen dir der Atem stockt. Und vielleicht kannst du sogar hören, wie alle Stücke verschmelzen zu einem Kosmos, zu einem Leben - alle Emotionen eines Menschen hineinkomponiert.

Und wenn der ganze Zyklus durchläuft,
stellt sich vielleicht bei dir der Eindruck
von Frieden ein.

**TRAUMSKIZZEN**

Zwischen Schienen und Autoreifen, Fichtenwäldern und Ostseestrand entstand der Klavierzyklus „Traumskizzen".
Glaube ich.
Träume. Alles Träume.

Mit den Jahren werden die Erinnerungen zu Träumen.
Ein Großteil unserer Erinnerungen wurden erst mit der Zeit so, wie wir sie jetzt im Kopf haben. Die Vergangenheit wurde zu einem unbewusst gezeichneten Traumbild - und damit ist unsere Erinnerung ein wenig wie Musik. Im Moment des Hörens und Träumens ist alles da, präsent und berührend. Doch später erinnern wir uns eher an die Emotion als an das Erlebte.

Die 6 Klavierstücke habe ich wohl 2015 geschrieben. In meinem Kopf sind verschiedene Bilder, wie sie entstanden - allerdings weiß ich bei genauem Nachdenken:

So kann es nicht gewesen sein. Und dennoch sind meine Erinnerungen Teil dessen, was ich in der Musik höre. Und was mich bis heute z.B. bei Nr. 1 träumen lässt oder was bei Nr. 3 Verzweiflung und Schmerz in mir weckt und bei Nr. 5 eine Art Fremdtraum beschert.
Keine Ahnung, wo diese Töne hergekommen sind.
Beim besten Willen: Das habe ich weder komponiert noch geträumt.

**VOM HIMMEL**

Meine Oma hat sich immer gewünscht:
Schreib doch mal einen Hit!
Und was ich dann komponierte, war am Ende meist doch mehr Jazz oder Drama als ein einfacher Hit.

In den letzten drei Monaten habe ich nun an meinem ersten Weihnachtsalbum gearbeitet. Bekannte deutsche Weihnachtslieder neu für Klavier arrangiert.
„Und Oma, es ist wieder kein Hit. Aber du wirst es lieben."

Meine Oma war nämlich ein wenig weihnachtsfanatisch.
Viel hilft viel.
Und so haben meine Geschwister und ich über die gesamte Kindheit und Jugend hindurch unser Repertoire an Liedern (und Gedichten - natürlich auswendig gelernt) erweitert.

Programme von 2,5 Stunden mal mit, mal ohne Pause waren Standard. Schreibmaschinen-Liederhefte mit Blaupapier und sattem Anschlag inklusive.
Danach ist der Kuchenhunger weg.
Keine Strophe blieb ungespielt.
Keine Melodie ungehört.
Und wenn jetzt Chuck Norris herein träte:

Ich kenn sie alle, Chuck!

Also endlich die Weihnachtsplatte mit meinen Lieblingsklassikern von „Leise rieselt der Schnee“ bis „Ich steh an deiner Krippen hier“.
Ein bisschen zur Freude für meine Oma. Danke.
Und gleichzeitig für meine Kinder.

**PITERAQ I**

Im Zelt liegen, mitten in der Natur, irgendwo in Skandinavien, ganz gleich ob an der Ostseeküste Dänemarks, am Fjord mit rauschendem Wasserfall in Norwegen, an der Brandung des riesigen Vänern in Schweden oder in den Finnischen Wäldern bei Riihimäki.

Im Zelt liegen, den Wind rauschen hören und die verschiedenen Farben des Regens auf der Zeltwand aufnehmen. Musik.
Jedes Mal wieder fantastisch einzigartige Musik.
So wunderbar.

FERNWEH UND FREIHEITSDRANG IN EINEM.

Egal, wo ich Regen höre, höre ich Musik und will raus,
also rein in den Regen!
Oder halt einfach im Zelt liegen bleiben
und dem Gesang lauschen.
Die unterschiedliche Gespanntheit der Zeltwand erzeugt hierbei verschiedene Frequenzen und die Tausendfachigkeit der einzelnen Tropfen führt neben jedem einzelnen Aufprall gleichzeitig zu einer Flächigkeit des Klanges.

Um diese Musik geht es in diesem Zyklus:
Vom sonnengetränkten Mitttsommernachtsregen bis zum Dunkelste-Wolke-Regen bei Sturm.

Im Norden.
So weit wie möglich im Norden.

**PITERAQ II**

Der Anfang des Liedes - alles auf, nein: Alles vor Null.

Das leere Blatt ist nicht weiß, denn vielleicht möchtest du deine Gedichte auch in den Ostseestrand schreiben.
Auch die Kerze flackert noch nicht - im Schein der Diskokugel.

ALLES BEGINNT BEVOR WIR WISSEN,
WAS BEGINNT.

Wenn ich mit dem Aufschreiben neuer Musik beginne,
ist sie weitestgehend schon fertig.
Sie entsteht viel unterbewusster in den Wochen,
in denen es irgendwie in mir kribbelt und ich spüre:
Irgendwas kommt.

Und dann möchte ich mich oft gleich ans Klavier setzen
und es aufschreiben, doch es ist noch nicht da.
Man kann es nicht erzwingen.
Es ist eher ein Aushalten eines nervösen Spannungszustands
gepaart mit leichter Vorfreude und aber auch Angst, ob ich,
wenn der Sound und die Farbe in meinem Kopf fertig sein
werden, die Musik auch zu fassen bekomme.

# FESTE FEIERN

**Weihnachten**, diese besondere Zeit, die seit Jahrzehnten und viel länger schon so viel verspricht - und wohl auch einlöst!
Sonst gäbe es dieses Fest verbunden mit all der Hoffnung auf Frieden zwischen den Menschen schon längst nicht mehr.

Und das, obwohl ja jedes Jahr wieder gefragt wird:
Was kann uns Weihnachten denn noch sagen und was solls uns bringen außer Geschenken und Familientratsch?

Die „hard facts“ gegen ein hoffnungsvolles Weihnachten wiegen schwer ... immer noch Corona, immer noch Flüchtlinge in Griechenland, aus dem Meer geflohen, immer noch Kriege weit weg und ziemlich nah, immer wieder neu sich füllende Frauenhäuser (auch Frauen aus unserer Nachbarschaft) und wir - wir feiern eine Geburt. Nun denn.

Ron Sexsmith singt „Maybe this christmas“ und Nils Landgren hat es gecovert. Vielleicht ja endlich dieses Weihnachten, wo alles gut wird. Als wenn mit der Geburt im Stall alles gut geworden wäre, in dieser eher beschissen harten Nacht. Es ist doch bestenfalls ein Hoffnungsschimmer, ein Moment, in dem viele Menschen gleichzeitig an Hoffnung glauben.
An denen Menschen so viel tun würden, in der Hoffnung auf Frieden. Und vielleicht ist das der Grund, warum Weihnachten dann doch als Weihnachten funktioniert.
Nie ist die Zeit so gut dafür.
Denn alle haben Bock auf Wunder!

## Weihnachten und mein persönliches Wunder

Der letzte Weihnachtstext ist kaum 10 Stunden her, da kommt die Anfrage, ob ich einspringen kann. Heilig Abend Gottesdienst.
Nicht, wie man vermuten könnte, als Musiker,
sondern in Vertretung für die Pastorin.
Krank ist krank und ich sage zu.

An der schweren Eingangstür begrüßt mich die Kirchenälteste überrascht und beginnt vermutlich sogleich zu beten.
Die Kirche füllt sich und die Glocken beginnen ihr Lied.

Junge, modisch gekleidete Erwachsene sitzen neben älteren, streng gekleideten Senior*innen,
der Gospelchor singt, was das Zeug hält,
alle Kerzen leuchten laut und ich – ich darf predigen.
An Weihnachten. Halleluja!

Zum Glück hatte ich am Morgen schon diesen Post zu Weihnachten geschrieben. Über „Wunder".
Allerdings sind wir hier im Norden ja mit der Wundergläubigkeit nicht über die Maßen gesegnet. Und dennoch bin ich mir sicher: Dass wir Weihnachten heutzutage noch feiern, ist ein Wunder. Und liegt auch daran, dass an Weihnachten immer wieder Wunder möglich sind und passieren. Gerade auch, weil an diesen Fest- und Feiertagen die Diskrepanz zwischen der Wirklichkeit der Welt und der Sehnsucht nach einer ganz anderen Welt und nach Frieden so groß ist, dass so ziemlich alle Menschen so ziemlich alles für ein kleines Wunder tun würden.

Sage ich. Die Kirchenälteste nickt.
Erzählen kann man ja viel in so einer Heiligen Nacht.

Also ein Wunder.
Und es kommt, zumindest ein Kleines.
In den Fürbitten sollen die Leute überlegen,
welche Person ihnen heute Nacht am meisten fehlt,
sei es wegen Corona, Schwiegereltern oder anderen Malheurs ...

Und dann bitte ich alle, ihr Handy herauszuholen –
die Kirchenälteste schaut mich
mit ihren großen Augen überaus skeptisch an.
Doch die Gemeinde macht, wie ihr gesagt ward,
und nach einer „Trockenprobe“ erheben die Menschen in den Bänken gleichzeitig und mit norddeutscher Inbrunst ihre Stimme
und schicken eine vielchörige Sprachaufnahme
an ihre am dollsten herbeigesehnte Person.

„Fröhliche Weihnacht überall,
tönet durch die Lüfte froher Schall“,
singen sie, freuen sie sich gerührt über diesen Moment
und ich zwinkere der Kirchenältesten diebisch beglückt zu.

Am Ausgang raunt sie mir erlöst zu,
dass es ja noch mal gut gegangen sei
und selbst Frau „So und So“, man kennt sie, nicht gemeckert hat.
Nun, so viel zum Thema Weihnachtswunder.

**Silvester ist ja echt so n Ding.**

Da hast du die Adventszeit mit hängenden Fahnen überstanden,
dich an Weihnachten von Essen zu Kuchen zu Kuchen zu Essen
gehangelt und sollst dann,
quasi als Endspurt,
noch mal ne Nacht durchfeiern, bei alkoholischen Getränken
aufmunternd zurufen: „Jippie-Klaro, und wech damit!"
und allen Personen, die dir über den Weg laufen,
nicht nur freundlich, sondern bestenfalls auch noch gewitzt
begegnen. Wohl wissend:
Nächsten Morgen wartet keine Katze auf dich!

Gleichzeitig jedoch nimmt man sich ja ganz persönlich und nicht minder heilig irgendwas fürs nächste Jahr vor. Mit steigendem Alter wird die Sache allerdings immer kleiner.

Und die ganz weisen, alten Hasen beteuern dann:
„Für nächstes Jahr nehme ich mir nix vor!"
Um dann während der Werbung bei der jedes Jahr beschissenen ARD/ZDF-Weihnachtsgala mit Livemusik schnell noch auf die Ruderbank für 4 Minuten zu springen. Okay: Ertappt.
Nee: Anders!
Auf ARD/ZDF kommt doch gar keine Werbung. (Übrigens in Dänemark/Schweden laufen ähnliche Sendungen, allerdings versteht man die dussligen Kommentare nicht. Das hilft schon!)

Und während die Ruderbank warm läuft, die wollen ja schnell alle noch ausprobieren, zählt das immerhin gegenderte weiße Voll- und Volksmusikpärchen sauber von 10 bis 0.
Und die Nachbarn haben noch immer nicht gecheckt,
dass Raketen nicht cool sind.

Fehlt nur noch David Hasselhoff auf der Suche nach Freiheit. Aber von dem Kaliber laufen ja gerade genug durch die Gegend.

**Wo ist eigentlich unsere Leichtigkeit geblieben?**

Sie flog davon, als wir zu schwer wurden,
wir immer mehr in uns hinein fraßen
und uns wichtig fühlten,
ohne uns selbst wichtig zu nehmen.

Als wir zusahen,
wie beim Auto 2 Räder abgeschraubt wurden und meinten,
wir würden einfach an einer Ecke mit tragen und anschieben:
Das Auto wird schon weiter fahren, die Ansagen aus dem Radio laufen doch noch.

Als uns die Zeit fehlte,
unser Netzwerk zu supporten und unseren Freunden zu danken.
Denn das sind doch die Leute, die auch uns supporten und Mut zusprechen.

Als wir vergaßen,
dass unser Inhalt nicht aus Form besteht, sondern aus Inhalt;
als wir darum kämpften, alles irgendwie in einer Form zu halten -
aber übersahen, dass uns der Inhalt lebendig und überraschend macht.

Als wir glaubten,
mit einem längerfristigen Blick, einer Perspektive über Jahre,
würde das Klein-Klein wieder Sinn ergeben.

Als wir das „einfach machen" durch ein „klingt gut" ersetzten.
Und es einfach nicht machten.

Als wir den Anruf bei lieben Kolleg*innen bleiben ließen,
weil eine Mail so viel schneller ist. Dabei sind wir doch Menschen
und brauchen uns als Menschen.

Time. To. Change.

Die Zeit ist jetzt.
Ich werde jede*n feiern,
die am Start ist.
Einfach machen!

**Schau nach vorn ins Licht**
und du siehst nichts.
Schau zurück in die Finsternis
und du siehst auch nichts.
Das Leben ist immer heute.

Und alles was gestern war und morgen kommt
ist ein Teil vom Heute.

Viele beschäftigen sich ihr Leben lang, das Vergangene so zu ändern, dass es nicht ihre Zukunft blockiert. Das Vergangene wird so zu einem Teil des Heute. Und fast alle wollen im Heute ihre Zukunft so angehen, dass es gut wird. Und die Zukunft wird ebenfalls ein Teil des Heute. Es ist einfach alles Heute. Und dadurch wird aus der Vorstellung der Zeit als linearen Strahl für mich eher die Zeit als ein bunt bemaltes lebendiges Bild:

Ich kann versuchen, Gras vor ein dunkles Loch zu malen und manche helle Farbe verblasst mit der Zeit auch. Es kommen Menschen und neue Erinnerungen dazu und mancher Schmerz wird tausendfach mit Wachsstiften überkritzelt und erhält so Tiefe ohne zu vergehen. Bis vielleicht irgendwann die Blüten des Apfelbaums sich über ihn legen und wie Schnee wärmen.

Ich hab den Stift in der Hand
und mein Bild im Kopf.
Und kann dran arbeiten
bis es mir gefällt.

Den Stift hab ich in der Hand,
um das Heute zu gestalten.

Doch ist es nicht der Einzige Stift.
Und die Kanten meines Bildes verschieben sich ständig, die Übergänge zu den Bildern der Personen, die mir lieb und nah sind (und manch anderer leider ja auch), sind fließend und so malen sie auch auf meinem Bild rum, was immer sie wollen.

Wichtig ist anscheinend, darauf zu vertrauen, dass immer genug Stifte parat liegen in hoffentlich vielen Farben.

Das habe ich halt nicht in der Hand.

**Solls ja geben**: 30 Jahre durchziehen und für was brennen, daran kaputt gehen, dann beinahe wie ein Geist da und dort noch mal auftauchen, um endlich direkt in den Himmel ab zu düsen. Respekt!
Nur: Ist halt nicht jede*r Jesus.

Ich bin in den letzten Wochen viel unterwegs gewesen und erlebe oft diese geisterhaften Wesen: 30 Jahre durchgezogen mit all ihrer Leidenschaft und ihrem Feuer, mit allen Wassern gewaschen, und beseelt von Tönen und Worten. Und dann gehen sie daran kaputt. Nicht weil sie es in ihrer Message so übertrieben derbe auf den Punkt gebracht hätten wie Jesus, sondern weil sie neben der Message noch fürs ganze Tourmanagement verantwortlich sind, Doppelschichten Standard wurden und die Ansprüche von nebenan halt doch eher die an eine*n Erlöser*in sind.
Nur: ist halt nicht jede*r Jesus.
Bock auf Himmel haben sie (haben wir)
allerdings auch noch nicht.
Man könnte ja auch leben.

Und so geistern Sie nun verlassen zwischen allen Welten, zerpflückt zwischen den Wünschen und zerrieben zwischen den Sehnsüchten ihrer Umwelt umher und sollen noch weitere 30 Jahre lang die Welt der Vorgärten retten.
Nun, das wird nicht funktionieren.

Fürs Tourmanagement brauchen wir Tourmanager. Dringend! Doppelschichten sind halt nicht doppelt effektiv, sondern verbrennen hauptsächlich Energie. Ich wasch ja die gleiche Wäsche auch nicht zwei Mal am Tag.
Und wir brauchen SUPPORT!
Wir brauchen uns: Im Reden, im Bestärken beim Setzen von Grenzen, im Lösungen finden. Und um einfach auch Spaß zu haben.
Sich alleine Witze zu erzählen oder übers Parkett zu fliegen, funktioniert halt nicht. Doch ohne Tanzen und Lachen funktioniert der Rest auch nicht, nicht mal Himmelfahrt.

**Der Umsteigebahnhof**

Und da stehen wir nun am Gleis und warten.
Einige lesen dabei die gelben Plakate fünf Mal durch - Arrival/Dependance - und suchen die längstmögliche Strecke. Andere gehen unruhig auf und ab, während sie auf den Zug warten, der noch nicht abfahren kann, weil er noch gar nicht angekommen ist. Und dann träumen wir, endlich wieder weiter zu fahren, der Sonne entgegen, mitten ins volle Leben!

Und dabei ist doch der Bahnhof viel spannender. Im Zug sitzen wir und wenn er erst mal fährt, dann fährt er auch wieder. Getaktet und gerade aus.

Die größere Freiheit und Gestaltungsmöglichkeit haben wir jedoch auf dem Bahnhof.
Und selbst all die kleinen Spiele, die wir da entwickeln, das Brötchen und die Zeitschrift, die wir uns in Ruhe aussuchen und auch die Tauben, die dicht an unserem Kopf vorbei fliegen, nehmen wir später mit in den Zug.

**Auf der einen Seite** rollen Köpfe,
auf der anderen der Ball.
Auf der einen Seite sind wir laut im Reden,
auf der anderen leise im Tun.
Auf der einen Seite strahlen wir
der Selfiekamera entgegen,
um mit der Außenkamera die Welt nicht zu sehen.

Wir sind Meister der Subtraktion.
Alles, was wir an Problemen und Leid sehen, ordnen wir in einen Zusammenhang ein, rechnen dieses und jenes raus. Subtrahieren guten Willen und „diplomatisch notwendig“. Wir speisen unsere Bedenken wie Spenden in Prozesse ein und dort werden sie vortrefflich verspeist.

Am Ende bleiben Fotos.

**Wie Bäume**
beisammen stehen.
Gerade auch an der Steilküste, wenn das Meer sich Meter für Meter das Land holt und du oben stehst ohne wegzukommen.
Meist siehst du ja vorher, was passieren wird.

Und was dich hält ist was dich hält.
Was dich festhält, sodass du nicht wegkommst,
ist, was dich hält, dass du nicht fällst.
Das Wurzelnetzwerk ist groß.
Was dich hält ist was dich hält.

Einige springen irgendwann
in der Hoffnung, nach einem Salto
unten wieder stehend anzukommen.
Allerdings sind zumindest Bäume keine Turmspringer.
Wer übt schon Saltos?

Andere werden zu Windflüchtern,
die langsam und in Zeitlupe die Steilküste runterrutschen,
in Schrägstellung zwar,
aber so lange wie möglich mit der bekannten Welt oben in Verbindung bleiben.

Was dich unten erwartet, weiß ja eh niemand.

Frage: Bleiben Bäume eigentlich Bäume,
wenn sie unten am Strand stehen oder liegen?

# WIR LEUCHTEN

**Wir leuchten.**
Wie Bojen auf dem Meer.
Wenn kein Schiff vorbei fährt,
gehen wir aus und torkeln blass in den Wellen.

Wir leuchten.
Weil wir dafür gebaut worden sind.
Und wenn wir leuchten, dann tanzen wir auf den Wellen,
jonglieren hinter dem Rücken mit Bällen,
alles geht leicht von der Hand.

Und wenn wir nicht leuchten,
wenn wir blass auf dem Meer durch den Sturm treiben,
mühsam oberhalb der Wasserlinie bleiben
und uns alles fahrig aus den Händen fällt,
dann hält uns nichts.
Wir treiben durch die Welt, können uns treiben lassen.
Das Meer ist groß. Größer als alle seine Strände.
Gott weiß wie! Und trägt uns.

Und manche probieren, weiter zu leuchten,
schon Licht zu sein, wenn das Schiff noch nicht da ist.
Ohne zu wissen, ob es je kommt.
Das mag dumm sein, aber es sind ja Bojen.

Sie hängen hier rum und dort fest und kommen nicht weg.
Können nicht anders, können nicht hinterher.

Und wenn sie leuchten durch die Nächte, einsam im Gespräch mit dem Mond, noch so einem verrückten Gesellen, dann bieten sie die Chance, gesehen zu werden. Von Schiffen. Auch Schiffe müssen ja mal ihre Kapitäne zurück in den Hafen bringen.
Doch das Meer ist groß.
Größer als alle seine Strände.

Und über dem Meer schwebt
ein verwunschener Spiegel.
Tausend Sterne leuchten magische Wege.

**der baum am meer**
schaut von küste
zu küste zu küste

alles, was er fühlt,
regnete durch
deine augen

alles um ihn
ist überflutet
er schwimmt von küste
zu küste zu küste
schläft am rand des meeres

**zwischen nacht und bergen**
wo unsere schatten verwehen
bleiben wir
und der mond
trunken in den wolken
dreht sich im schlaf
zwischen nacht und bergen
wo das meer ganz ungesehen
in sich hinab taucht
bis zum tiefsten grund

stille
leuchten wir auf
zwischen nacht und bergen
leuchten wir in der stille
auf bis zum tiefsten grund
versunken in uns
ein meer
zwischen nacht und bergen

**Ich habe so eine tiefe Sehnsucht nach Frieden.**

Wenn aller Streit mit sich selbst Sumo ringt.
Wenn die Hektik die Übersicht verliert
und in eine Sackgasse läuft.
Wenn sich das Laute unter der Glocke mit Käse das Maul zustopft
und endlich still ist.
Wenn der Hunger sich
wie das fünfte Rad am Wagen fühlt.

Wenn der Neid Fieber bekommt,
mit Tee und Zwieback das Bett hütet
und nur noch Cola will.
Wenn die Angst sich endlich
ein Kleid anzieht und tanzen geht.
Wenn die Gier sich selbst verschluckt.
Wenn sich die Dumpfbackigkeit
an der Tanksäule fest geschnuppert hat.
Wenn die Menschen ihre Schubladen
auf den Müll schmeißen.
Wenn das Schweigen Räume öffnet.

Wenn ich liebevoll
in die Arme genommen werden.

Dann ist Frieden.

# INHALTSVERZEICHNIS

Geboren an der Ostsee.
Mit dem Meer bei Sturm und Hochwasser, mit Eisschollen, Quallen und dem Geruch von Seetang komponiert und spielt Jan Simowitsch norddeutsch romantische Klaviermusik.

Seit einigen Jahren schreibt er auch Texte.

**Danke** an alle Freunde und Wegbegleiter*innen der letzten Jahre, die mich in all meinen Unsicherheiten immer supportet haben: Ulf, Janna, Jan, Anni, Mogi, Kathi, Matthias, Janina, Jakob, Xenia, Lars, Ulrike, Thilo, Antoinette und Johannes.

Jan Simowitsch